기획의 말

그리운 마음일 때 'I Miss You'라고 하는 것은 '내게서 당신이 빠져 있기(miss) 때문에 나는 충분한 존재가 될 수 없다'는 뜻이라는 게 소설가 쓰시마 유코의 아름다운 해석이다. 현재의 세계에는 틀림없이 결여가 있어서 우리는 언제나 무언가를 그리워한다. 한때 우리를 벅차게 했으나 이제는 읽을 수 없게 된 옛날의 시집을 되살리는 작업 또한 그 그리움의 일이다. 어떤 시집이 빠져 있는 한, 우리의 시는 충분해질 수 없다.

더 나아가 옛 시집을 복간하는 일은 한국 시문학사의 역동성이 드러나는 장을 여는 일이 될 수도 있다. 하나의 새로운 예술작품이 창조될 때 일어나는 일은 과거에 있었던 모든 예술작품에도 동시에 일어난다는 것이 시인 엘리엇의 오래된 말이다. 과거가 이룩해놓은 질서는 현재의 성취에 영향받아 다시 배치된다는 것이다. 우리는 현재의 빛에 의지해 어떤 과거를 선택할 것인가. 그렇게 시사(詩史)는 되돌아보며 전진한다.

이 일들을 문학동네는 이미 한 적이 있다. 1996년 11월 황동규, 마종기, 강은교의 청년기 시집들을 복간하며 '포에지 2000' 시리즈가 시작됐다. "생이 덧없고 힘겨울 때 이따금 가슴으로 암송했던 시들, 이미 절판되어 오래된 명성으로만 만날 수 있었던 시들, 동시대를 대표하는 시인들의 젊은 날의 아름다운 연가(戀歌)가 여기 되살아납니다." 당시로서는 드물고 귀했던 그 일을 우리는 이제 다시 시작해보려 한다.

기획의 말

그리운 마음일 때 'I Miss You'라고 하는 것은 '내게서 당신이 빠져 있기(miss) 때문에 나는 충분한 존재가 될 수 없다'는 뜻이라는 게 소설가 쓰시마 유코의 아름다운 해석이다. 현재의 세계에는 틀림없이 결여가 있어서 우리는 언제나 무언가를 그리워한다. 한때 우리를 매혹시켰으나 이제는 읽을 수 없게 된 옛날의 시집을 되살리는 작업 또한 그 그리움의 일이다. 어떤 시집이 빠져 있는 한, 우리의 시는 충분해질 수 없다.

더 나아가 옛 시집을 복간하는 일은 한국 시문학사의 역동성이 드러나는 장을 여는 일이 될 수도 있다. 하나의 새로운 예술작품이 창조될 때 일어나는 일은 과거에 있었던 모든 예술작품에도 동시에 일어난다는 것이 시인 엘리엇의 오래된 말이다. 과거가 이룩해놓은 질서는 현재의 성취에 영향받아 다시 배치된다는 것이다. 우리는 현재의 빛에 의지해 어떤 과거를 선택할 것인가. 그렇게 시사(詩史)는 되돌아보며 전진한다.

이 일들을 문학동네는 이미 한 적이 있다. 1996년 11월 황동규, 마종기, 강은교의 첫번째 시집들을 복간하며 '포에지 2000' 시리즈가 시작됐다. "생이 덧없고 허기질 때 이따금 가슴으로 암송했던 시들, 이미 절판되어 오래된 명성으로만 만날 수 있었던 시들, 동시대를 대표하는 시인들의 젊은 날의 아름다운 연가(戀歌)가 여기 되살아납니다." 당시로서는 드물고 귀했던 그 일을 우리는 이제 다시 시작해보려 한다.

누가 홀로 술틀을 밟고 있는가

문학동네포에지 021

고정희 시집

누가
홀로
숱틀을
밟고
있는가

시인의 말

시를 쓴다는 것은 내게 있어서 비로소 나를 성취해가는 실존의 획득 외에 아무것도 아니다.

내가 믿는 것을 실현하는 장이며

내가 보는 것을 밝히는 방이며

내가 바라는 것을 일구는 땅이다.

그러므로 시를 쓴다는 것은 내게 있어 가리고 선택하는 문제를 넘어선 내 실존 자체의 가장 고상한 모습이다.

따라서 내가 존재를 포기하지 않는 한 이 작업은 내 삶을 휘어잡는 핵일 수밖에 없다. 그것은 일종의 멍에이며 고통이며 눈물겨운 황홀이다. 나의 최선이며 부름에의 응답이다.

나는 시를 쓰는 일이 여기가 될 수 있는 부자가 아니며, 그렇다고 시 쓰는 일을 통해서 누구에게나 선사할 수 있는 아름다운 꽃 한 송이 못 가진 자신이 내내 가슴 아프다.

지금 내가 알 수 있는 건 진실이 다 편한 것은 아니며 확실한 것이 다 진실은 아니라는 점이다. 너그러움이 다 사랑은 아니며 아픔이 다 절망은 아니라는 것이다. 때문에 내 실존의 겨냥은 최소한의 출구와 최소한의 사랑을 포함하고 있다.

이 첫 시집을 마무리하면서 긴장된 마음으로 또하나의 외로움과 멍에를 감내한다. 아직은 내가 너무 젊다는 이유만으로 초라한 모습을 드러내는 용기를 갖는다.

지난 몇 년간 쓴 작품들을 편의상 4부로 나누었다.

1부는 근작이며, 2부는 78년에, 3부는 77년에, 4부는 데뷔 전후에 쓴 작품들을 선한 것이다.

끝으로 이 시집을 엮어내는 데 격려와 힘을 주신 최정희님, 운수자님, 김정자님께 깊은 감사를 드리며 오늘이 있기까지 나를 지켜주신 부모님과 수유리 캠퍼스의 스승님들 그리고 나의 미루에게 이 작은 정성을 삼가 바친다.

1979년 7월 무등산 기슭에서

고정희

차례

3부 회소(回蘇), 회소,

4부 탄생되는 시인을 위하여

1부 실존의 늪

누가 홀로 술틀을 밟고 있는가?

—지기의 노래

새벽에 깨어 있는 자, 그 누군가는
듣고 있다 창틀 밑을 지나는 북서풍이나
대중의 혼이 걸린 백화점 유리창
모두들 따뜻한 자정의 적막 속에서도
손이라도 비어 있는 잡것들을 위하여
눈물 같은 즙을 내며 술틀을 밟는 소리

들끓는 동해 바다 그 너머
분홍 살 간지르는 봄바람 속에서
실실한 씨앗들이 말라가고 있을 때
노기 찬 태풍들 몰려와
산 준령 뿌리 다 뽑히고 뽑힐 때
시퍼런 눈깔 같은 포도알 이죽이며
홀로 술틀을 밟고 있는 사람아,

속이라도 비어 있는 빈 병들을 위하여
혼이라도 비어 있는 바보들을 위하여
눈 귀 비어 있는 저희들을 위하여
빈 바람 웅웅대는 민둥산을 위하여
언 강 하나 끌고 가는 순례자 위하여
아픈 심지 돋우며 홀로
술틀을 밟고 있는 사람아,

갈 곳이 술집뿐인 석탄불을 위하여

떠날 이 없는 오두막을 위하여
치졸들 와글대는 사랑채를 위하여
활자만 줍고 있는 인쇄공을 위하여
이리저리 떠밀리는 장바닥을 위하여
가야금 하나가 절정을 타고
한 줄의 시가 버림을 당할 때
둔갑을 꿈꾸는 안개 속에서
홀로 술틀을 밟고 있는 사람아,

잠든 메시아의 봉창이 닫기고
대지는 흰 눈을 뒤집어쓰고 누워
작은 길 하나까지 묻어버릴 때
홀로 술틀을 밟고 있는 사람아,

그의 흰 주의(周衣)는 분노보다 진한
주홍으로 물들고 춤추는 발바닥 포도 향기는
떠서 여기저기 푸른 하늘
갈잎 위에 나부끼는 소리 누군가는
듣고 있구나

카타콤베

—6 · 25에게

아버지 호적에 그어진 붉은 줄
30년 잠에서 내가 깨어났을 때
나는 이미 붉은 줄 무덤 안에 있었다
가엾게도 공허한 아버지의 눈,
삼십 지층마다 눈물을 뿌리며
반항의 이빨로 붉은 줄 물어뜯으며
무덤 밖을 날고 싶은 나의 영혼은
캄캄한 벽 안에 촉수를 박고
단절의 실꾸리를 친친 감았다

살아남기 위하여,
맹렬한 싸움은 시작되었다
단 한 번 극복을 알기 위하여
삭발의 앙심으로 푸른 삽 곧추세워
무덤 안, 잡풀들의 뿌리를 찍었다.
맨살처럼 보드라운 잔정이 끊기고
잔정 끊긴 뒤 아픔도 끊겨
범 무서운 줄 모르는 욕망을 내리칠 때
눈물보다 질긴 피 바다로 흘러흘러
너 올 수 없는 곳에 나는 닿아 있었다

너 모르는 곳에 정신을 가둬두고
동서로 휘두르는 칼춤 아래서
우수수 떠나가는 사내들의 뒷모습,

참으로 외로워 고요히 웃는 밤이면
굴헝보다 깊은 나의 두 눈은
수십 질 굳은 진흙에 붙박여
끝끝내 가능의 삽질 소릴 울었다

삽은 또하나의 무덤을 뚫고
다시 또하나의 무덤을 찌르면서
최후의 출구를 일격 겨냥했다
한 치의 햇빛도 허용하지 않은 채 때로
별처럼 눈을 빛내며 아아
필사의 두 팔에 휘감긴 나의 날렵한
삽은 한껏 북받치는 예감에 떨며
무덤 속 깊이깊이 벽을 찍어내렸다

나는 서서히 듣고 있었다
무덤 밖 웅웅대는 들까마귀 울음도
독수리떼 너의 심장 갉아먹는 소리도
이제는 먼 지하 밀림 속
뿌리 죽은 것들 맑게맑게 걸러져
한줄기 수맥으로 길 뻗는 소리

차라투스트라

(한 손에 물통과 두레박을 메고
남은 발에 쇠고랑과 문명을 끌고
죽어서 날아간 새 눈물을 밟으며
차라투스트라
차라투스트라가 가는 길)

1
그대들이여, 그대 정신 돌아왔는가
한 모금의 물이 고인 그대 영혼 돌아왔는가
여기 그대들이 버린 사막 한복판
샘물은 말라 대지 갈라지고
여기 영혼의 빈 두레박
그대들 빈 접시 소리 떠돌아
잡풀 위에 말(言)들만 쓰러져 우는구나

잡목 위에 칼 가는 오기들 웅웅대고
빈 벌에 자지러진 자궁을 보아라
지나가는 독수리도 안중에 없어 하고
숨죽인 대지도 묻어주지 않는구나
버릇없는 장정 몇이 지나갔을 뿐이다
곳간에 넘치는 건
우후죽순 같은 오살 놈의 한
해거름녘 아비는 서둘러 몇 석의 한을
작석하다 팔이 부러지고 끼득끼득

몇 섬지기 한 밑에 압사당한 상판들,
탈곡기에 타는 노을을 보아라
짚베늘 지나가는 봄을 보아라
비로소 죽은 햇빛을 보아라

대숲에서 들리는 건 피 묻은 옷자락
부비는 소리, 마구간에서 들리는 건
발기된 남정네 외로운 탄식
허리띠 풀어 각시들 목 조르는 소리 들리는 건
하늘이 아니라 정게청이다
초대 식탁에는 뱀구이가 능청 떨고
아이들의 위는 돌도 삭여버린다

2
포도즙을 짜면서 목이 타는 그대
그대는 또 무엇을 잃었는가?
그대는 또 무엇을 버렸는가?
그대에게 멸시받은 것들을 그대는 잃었다
그대가 보지 못한 것들을 그대는 버렸다
그대 가슴속에서 자라는 선인장은
결코 그대를 찌르지 않는다
가슴속 무성한 가시의 축제를
그대의 손은 더듬지 않는다. 가시 돋아
독 묻은 꽃송이를 어여삐 피우고

그대 몰골은 창밖에 떨고 있다
흔들리는 적도를 지나는 그대
삶 떠난 자를 위한 애도를 바친다
죽은 자를 위한 정(釘)을 박는다

3
죽은 자의 장례는 죽은 자의 일,
오 이천 년대 시체 앞에 꽃을 꽂은
그대들아 오라 장례를 지내자
한 모금의 물이 고인 그대 영혼 위해서
앙금으로 주저앉은 그대 정신 위해서
수백 년 나자빠진 빈 두레박
수십 년 가불된 죽음을 보내자
경악으로 떠나가는 바람을 매고
(일찍이 없었던 황홀한 장례)

그대 기쁨 있거든 비처럼 쏟으라
그대 고뇌 있거든 산처럼 꽂으라
그대 여벌 있거든 이승 방방곡곡에
사흘 낮 사흘 밤을 만장(挽章) 띄우고
검을수록 슬픈 죽음, 여기 뉘어 있는
거대한 영구 위에
그대 검은 침을 죄다 뱉으라

독 묻은 꽃송이로 정을 박으라

그리고 다가와 일렬횡대로 서서
주검 속 번쩍이는 그대 거울을 향해
다소곳이 그대 허리를 구부리라
그때 그대는 알게 되리라
(그대가 만나는 최초의 그대)
우리가 보내는 이 최초의 장송 앞에서
슬픔도 기쁨 또한 떠나감을 보리라
이제 가라
가서 땀이 강처럼 넘치게 하라
그때 그대는 샘이 되리라
(일찍이 없었던 아름다운 장례)

2부 아우슈비츠

미궁의 봄 2

—고뇌하는 자에게 바침

늑대 몇 마리 매일 밤 사랑의 솔밭에 와서 웁니다 늑대 두 마리 매일 밤 영혼의 강가에 와서 웁니다 늑대 세 마리 매일 밤 고독의 살냄새에 길길이 뛰고 늑대 몇 마리 매일 밤 순한 욕망의 피에 굶주립니다 늑대 발자욱이 그대를 떠날 때 우리는 이미 잃은 자들입니다

이쁜 우리 어린것들을 노려보는 것은 늑대고 그대 정신 달여 부은 만남의 둑 인정의 둑 넘보는 것은 늑대고 이빨 마주치며 버티는 내 종말론적 삶의 보루를 날 선 발톱으로 찔러대는 것은 늑대입니다 늑대의 새끼를 밴 늑대입니다 아아 그대 눈에서 나는 모든 것을 보지만 내가 하고 싶은 말은 바로 그대 눈에 있습니다

미궁의 봄 4

첩첩 산정에서는
넘어야 할 산밖에는 보이지 않습니다
속곳 벗어 던지는 산의 자궁마다
풋물 흐르는 상여가 떠가고, 숨어서
여자들 언뜻언뜻 우는 미루나무 길이
산 밖으로 사라집니다
보리 패는 들녘이 산 밖으로 사라지고
호남평야 물바닥 생가래 뜨는 소
산 밖으로 사라집니다 영산강
물줄기도 산 밖으로 사라집니다
아버지도 당신도 산 밖으로 사라집니다
보세요, 우러르던 하늘이 첩첩산중에서
산에 묶이고 산 건너오는 바람
첩첩산중에서는 산 안에 갇힙니다
우리에게 주어진 시간과 사람들
산 너머 산 너머에 보이지 않습니다
아아 첩첩 산정에서는 산 아래로 사라지는
것들 보이고 넘어야 할 산밖에는
보이지 않습니다

미궁의 봄 6
—축제

〈지금보다 변한 것은 아무것도, 아무것도 없었어요
축제가 벌어지는 날이라는 것 외엔〉

보세요, 일렬횡대로 서서 유태인의 고아들이 가고 있어요 아우슈비츠로 가고 있어요 노래를 부르며 가는 고아들은 아우슈비츠로 가는 고아들은 히틀러의 장난감을 만지작거리며 행복한 꿈에 젖어 가고 있어요 고요히 제 몫의 삶 빛내는 햇살처럼 행복한 꿈에 출렁이며 가는 고아들, 조금만 더 가면 홍해를 건너고 조금만 더 가면 천국으로 들어가는 꿈, 꿈같은 궁전으로 들어가는 꿈, 하느님의 축제에 들어가는 꿈을 꾸는 고아들이 일렬횡대로 서서 가고 있어요.
조금만 더 가면 홍해를 건너요
조금만 더 가면 천국으로 들어가요
조금만 더 가면 아으,
하느님의 축제가 기다리고 있어요

꿈속에 주검을 보신 적이 있나요?
아이들은 더 높게 노래를 부르며
하느님이 들으시게 노래를 부르며
아우슈비츠로 가고 있어요
빨갛고 파란 꿈을 꾸며 가고 있어요
〈아이들의 발아랜 남쪽행 제비가
전깃줄에 작살나 뒹굴고 있어요〉

미궁의 봄 7

가까이 가까이 봄이 오고 있을 때
K시인 처마밑에 봄이 오고 있을 때
대구시 곳곳에 봄이 오고 있을 때
살 속 곳곳 영산홍 꽃물이 고일 때
봄이 오고 있을 때

보리는 보리끼리 개나리 홍도화
벙그는 꽃길에 저마다 깊은 잠 비늘 벗고 있을 때
그대 치부 깊은 곳 술이 익고 있을 때
봄이 오고 있을 때

전봉준의 철퇴가 지리산 내려오고
팔방에 한밤 내 눈 비비는 시인이
오지 않는 가슴에 정을 박고 있을 때
정 박는 소리 울릴 때
오고 있는 봄으로도 어쩌지 못할 때
봄이 오고 있을 때

오, 시인아 그대 왕성한 시장기 시 한 점 뜯고 있을 때
오고 있는 봄처럼 곳곳에서
시 뜯어먹는 소리 커갈 때
봄이 오고 있을 때
묻지 말아다오
내가 뜯어먹는 시의 행방

바람

문에 불 꺼진 지 이미 오래인 자정
바람 불 꺼진 문밖에 울고 있다
불 꺼진 자정 문고리 흔들면서
문고리 돌쩌귀 비틀면서
돌쩌귀 서까래 핥으면서

혼불 날아다니는 들바람이 돌아오고
칼날 선 파도가 겁없이 돌아오고
그대 앙큼한 비수도 돌아와
다만 하나 문밖에 돌아와

석삼년 잠보다 더 깊은 그대
잠결, 그대 잠 속
저마다 칼을 물고 창구멍을 찾는다

아우슈비츠 1

—주여, 불쌍히 여기소서

비탈에서 소나무가 노랗게 죽은 날
푸르기를 그친 하늘이
사나운 바람을 들녘에 쏟았다
우르르우르르 들녘이 울고
꿩꿩 파도가 어둠을 섞었다
파도에 고기떼 나자빠진 대낮
냉동기 속에서 아이가 죽었다
연인들 다정스런 능금밭 혹은
푸른 배추 포기에도 우리들
저녁 식탁으로 실려오는 암호가 포장되고
그대 젓가락에 암호가 집히는 아침마다
누군가? 순수의 목에 정을 박는 손,
밤마다 으악으악 소리 나는 시체실
돌아오지 않는 강에 떠가는 햇빛

아우슈비츠 2

—심판의 날을 거두소서

너는 벌판에서 무엇을 보았느냐?
길의 끝은 아무도 몰라라 수 갈래
얼크러진 길, 그러나 모든 것은
두 갈래 길로 흐르고 있다
땅 버린 지주 땅 없는 저승길 가고
인정 버린 그대 이미 인정 없는 삶에
떤다 하나님 버린 목숨
하나님 밖에 산다 버린 것들 속에
이미 버림받음이 있다

살지만 실상은 죽어 있는 나 곁에
죽었지만 실상은 살아 있는 자,
형벌의 수액은 이미
우리 뿌리 곁에 있다
우리는 날마다 쓴잔을 마시며
한 줄씩 한 줄씩 늙어간다
너는 광야에서 무엇을 보느냐?

아우슈비츠 3

—신의 어린양

그대들
긴긴 겨울밤 무사했다면
아이들도 남편도 무사했다면
꿈에선들 그대들은 보았으리라
칼끝 같은 어둠 멀리 들판 끝에서
온갖 살붙이 모닥불에 바치며
야경의 모닥불에 넋을 사르며
그대들 안녕을 근심하는 예수
그대들 후손들을 염려하는 예수
생시엔들 그대들은 알았을까 몰라
아직 그대들 남은 삶 넉넉해서
울창한 미래 헤아리는 아침이면
흔들리는 한반도 기둥뿌리 부여잡고
줄을 서서 제물로 사라지는 자.
오호통재라
그의 두 발은 차꼬를 매고
그의 두 손은 철삿줄에 묶인 채
그대들 버린 말(言)로 재갈 물려
그대들 팔매질에 피 흘려

바벨탑과 마을

—망원경 2

산짐승 몇 마리 마을에 끌려와
죽은 목숨처럼 길들고 있다

포수는 총에 손질을 끝내고
길들다 숨진 사슴의 골반을 흥정한다
길들다 숨진 사슴의 뼈를 추린다
길들다 숨진 사슴의 골반을 흥정하는 포수와
길들다 숨진 사슴의 뼈를 추리는 포수가
햇빛 쨍한 대낮 길들다 숨진
사슴 한 마리 박제를 끝낸다

박제된 사슴 한 마리 속에
퍼렇게 박제된 한 세대의 본능
박제된 사슴 한 마리 속에
삭정이처럼 박제된 한 시대의 이성
박제된 한 세대의 꿈을 아는 건
박제된 한 마리 사슴뿐이고
박제된 한 시대의 생명을 아는 건
박제된 한 마리 사슴뿐

바벨탑에 가위눌린 푸른 신경 하나
포수의 총에 꽂히면 어디선가
한 마리 또 한 마리 짐승이 끌려오고
그때, 여전히 노역을 떠나는 마을 사람들

어깨 너머 소소히 부는 바람
잠든 본능 속으로 스며든다

결빙기

〈너를 꽃이라 부른 후 너 꽃으로 돌아가고
너를 너라 부른 후 드디어 강 하나 살아나
나와 너 사이 범람하고 있을 때〉

무사하던 꽃뿌리 뽑히고
튼튼하던 숲정이 흙두덩도 헐려
사흘 낮, 내설악 발아래로 무너지는 밤에
누가 말했는가, 봄에 녹지 않는 눈사람 없고
털로 가려 막지 못할 추위 없다고
주야 배 떠 건너지 못할 바다 한반도에
없다고 누가 말했는가

너를 너라 부른 후 벗겨진 산
너를 너라 부른 후 뿌리 흔드는 추위
너를 너라 부른 후 들끓는 바다
너를 너라 부른 후 빙하
우뚝우뚝 솟아
촛불에 혼 삭는 소리로 떠돌고 있을 때
칼 가는 소리로 관절 우는 아픔 들릴 때
부분적으로 행복한 그대들아,
후두둑 꽃 지고 낙엽 떨어지는 들녘
등꽃보다 파리한 겨울 오는 소리 들릴 때

저 완벽한 침묵에 꺼꾸러지며 너

유리 계단을 내려가고
먹구름 타고 내려온 밧줄
바람 숭숭한 버스트에 감기고 있을 때
핸들 꺾인 갑판에 뒹구는 몸뚱아리
하나님 부를 때
누가 말했는가,
우리 사랑한다고 사랑

살풀이

〈넘보지 말아다오, 간밤에
내가 꾸어버린 꿈〉
그대 영혼 찌르는 불칼이로다
그대 몸 바수는 곤장이로다
에덴은 여전히 불꽃에 싸이고
당신들 영혼은 강안에 갇혔다
깊이를 감추는 건 그대가 아니라
강이다 갈 곳 때문에 울부짖는 건
바다가 아니라 그대 더운 목숨이다
시리고 떠는 건 겨울이 아니라
뿌리 뽑힌 영혼이다
어둠에 묶인 건 밤이 아니고
대낮에 드러나는 건 자유가 아니다
그대 총명은 탈출을 꿈꾸지만
밤마다 마지막 골목에 돌아와
몰래몰래 문 하나 닫아건 잠 속
여인아, 세상 때문에 우는 것이 아니라
너와 너희 자녀 때문에 울어야 하리라
생나무 마른나무 함께 불에 던지고
산더러 우리를 덮으라 하리라
그대 영혼 찌르는 불칼이로다
그대 몸 바수는 곤장이로다
〈넘보지 말아다오, 간밤에 내가
꾸어버린 꿈〉

3부 회소(回蘇), 회소,

수유리

—카프리스 1

뿌리째 흔들리는 미루나무 밑에서
키 작은 것들이 포복 연습을 한다
엎어지고 자빠지고 재주넘는다
배꽃 한 움큼이 숲으로 잦아들고
나비 한 마리 황혼에 쫓긴다
나비 한 마리 황혼에 꽂히고
수유리 길 하나가 거꾸로 쓰러진다
수유리 길 하나가 하늘 밖에 떠밀리고
휘휘 온 숲에 도리깨질 소리
숫제, 귀신 되어 돌아온 바람
돌 속에 처박힌 네 혼을 뽑으며
가라, 가라, 바위너설 기어오른다
황혼이 뒷전에서 검게 죽는다

숲

—카프리스 2

아비는 숲지기
태어날 때부터 숲지기
주름진 두 팔이 더듬어 잡는 건
밤마다 몇 그루의 벌목을 하는 일,
바람 부는 밀림의 가지를 자르고
밤의 검은 허리를 써는 아비
아비는 알아, 그의 연륜보다 탄탄한 나무를
너끈히 하룻밤에 베어 눕히는 법을.
아침에 원목들은 밧줄에 묶이어
안개 덮인 바다로 실어 내리는 것을.
생솔가지 같은 그대 미래도
느릅나무 뿌리 같은 그대 사랑도
그 환한 대낫 속에 누워 있음을 보리
아비는 숲지기, 태어날 때부터
숲지기 아비가 나꿔채는 톱날 밑에서
쓰러지라, 쓰러지라 불귀 같은
바람아

라벨(Ravel)과 바다

—카프리스 3

스름스름 넘어지는 파도의 물굽이에
스러질 듯 스러질 듯 떠가는 새 한 마리
하얗게 짖어대는 물귀신에 쫓기며
바다 깊은 곳에 내리는 그림자
발톱에 끌고 가는 푸른 어둠의 독기
온 바다 들쑤시며 일어서는 물귀신아,
푸르게 누운 용 한 마리
오늘밤에 더욱 엎어지며 죽으리라
물굽이 치렁대는 어둠의 끈으로

브람스 전(前)

—카프리스 4

숫제 혼을 벗기세요
살갑게 살갑게 벗기세요
살랑이는 능수버들 정념 한 자락으로
저 한한 숲을 들쑤시는 밤에야
벌거벗은 겨울인들 춤 안 출 수 있나요
정 주는 바람에야 풀잎인들 견디나요
바드득 조여진 바이올린 G선에
떠다니는 넋까지 휘감아버리세요
그리고 숨 죽여, 숨죽여 오세요
아버지 몰래 자란 나무들이
뿌리까지 흔들며 춤추는 산 준령
꿈같이 꿈결같이
톱 바이올린을 켜세요

산행가

—설악 1

산그늘 봉봉 청동 소리 푸르러
산 안에 울리는 청동 소리 따라
줄을 서서 들어가는 사내들은
넋을 따라 들어가는 사내들은
산 안에 가득한 청동 소리 후려치며
곧은 사지 골골 청동 소리를 내며
저마다 수십 개 천재의 눈을 뜨고
숲과 하늘의 사내가 되었다
숲과 하늘의 사내가 되어
산 밖에 입고 온 옷을 벗은 사내들은
청동 소리 나는 몸 하나씩 지고
하늘과 숲의 자궁에 닿고 싶은 사내들은
뻐꾹 뻑뻐꾹 소리도 지났다

내설악 연가

—설악 2

〈아쓱하여라〉
숲정이에 아직 어둠 늠름한 새벽
산지기는 산맥 깊이 숯불을 묻으며
일만이천 계곡으로 불심지 내리고
떠도는 혼불들 다 날아와
샛바람 몰아 별을 걷어 내릴 때
숯이 된 별 한 짐씩 지고
산을 내려가는 사내들 등뒤에서
산맥 일대가 우렛소리로 울 때,
벌판 같은 하늘 하나 떠올리는 산
죽순 뿌리 같은 절망을 켜며
사내들 숲속으로 사라지고 있을 때,
〈아쓱, 아쓱하여라〉
잠깐 눈뜨는 즈믄 영혼 질러밟고
깊은 밀림 낱낱이 흔들고 가는
순례자의 크고 환한 웃음소리

대청봉 절정가

—설악 3

마술에 걸린 늑대 한 마리
대청봉 꼭대기로 치닫습니다
수백 년 칙칙한 밀림을 가로질러
흔들리는 나뭇잎 소리 젖히며
사지에 불을 켠 늑대 한 마리
내설악 골짜기 올라갑니다
박달나무 사시나무 사납게 치솟아서
늑대 털뿌리 희게 뽑히고
가시나무 칡넝쿨 제철을 만나
살 찢기는 늑대 울음 계곡 아래 구릅니다
오래전 죽은 길도 나무뿌리에 누워
날짐승 소리 아쓱한 깊은 산
깊은 산속 늑대 한 마리
바윗등에 불거진 독버섯 문지르며
천년 자는 늪지대 이슬에 씻기며
높은 곳 상봉에 다다릅니다
어디선가 산 아래 늑대 부르는 소리 들리고
사방에 열린 거울 속으로 〈아아〉
흰옷 입은 사람 하나
대청봉에 서서
떠오르는 구름에 실려갑니다

동해가

—설악 5

〈사내들 살을 열고 바다로 향할 때
아뜩히 푸른 동해 보셨습니까?〉

산삼 캐 먹고 산심 난 사내들은
다섯 손가락에도 설악을 묻혀들고
동해 끓는 살 속으로 뛰어들었지
물 먹은 힘까지 바다에 부리고
춤을 추면서, 루비 홍옥 비취 다이아몬드
거의 거의 본능에 불을 켠 사내들은
한 마리 배암처럼 물굽이 타고서
끓는 동해 자웅을 더듬어
초현실의 여자에 깊숙이 젖어들어
푸른 거심 흔드는 뿌리 쪽으로
동해 물살 열리는 자궁 쪽으로
〈아으아으 아으 사파이어 에메랄드〉
제 모르는 야망까지 거푸 뱉아내며
거의 거의 본능에 불을 켠 사내들은
거의 거의 본능으로 춤추며 들어갔지
아아 초현실의 여자
모든 사내들 꺼꾸러지는 동해

〈그 이후 밤에만 우는 동해를
보셨습니까?〉

파블로 카잘스에게

그대 떠난 자리 가시 하나 돋아서
사랑받지 못한 나 사뭇 아프게 한다
그대가 애인과 살 맞대는 동안
강 하나가 도도하게 시간을 밀고 흐를 때
물결 밑에 투명한 그대를 본다
그대는 나를 끌어당긴다
나는 그대를 향해 걸어나간다
그대는 다시 나를 잡아당기고
내가 전심으로 달려나갈 때 도처에서
그대는 바람 소리를 내며 흩어진다
종말 때문에 울부짖는 내 머리칼 뒤
강은 그대를 아주 감춰버린다
아아 어둠이 올 때까지 그대 때문에
우는 나 그대 때문에 혼자인
나를 지나며 강은 깊이깊이 문을 닫는다
어제 나와 동침하던 인류가
먼 불빛에서 꺼꾸러진다

문

마을에 문 닫는 소리 들린다
빗장 하나 사이에서 산으로 가는 길이 끊기고
문 하나 사이에서 절벽으로 돌아앉는 집
길짐승 하나 쓰러지는 저녁에
길짐승 둘 쓰러지는 소리 겹치고
상한 길짐승 넷 울부짖는 어둠 속
상한 길짐승 다섯이
서로 다른 창살에 목을 박는다
(아아, 우리는 서로 문 닫고 싶어라)
먼먼 도시에서 들리는 건 문 닫는 소리이고
보이지 않는 마을에 들리는 건 문 닫는 소리이고
죽음 같은 자정, 문 닫은 후의 거리를
한 순례자가 절룩이며 절룩이며 가고 있다

대장간의 노래

담금질을 합니다
우리 더운 목숨의 추위를 달구고
불붙은 원생대(原生代)를 물에 풀어냅니다
목숨의 뿌리에 닿기 위해서
당금 같은 시간의 어질머리를 매고
버린 시간들을 풀무질합니다
영혼의 뿌리에 닿기 위해서
갈증의 지뢰밭에 녹슨 혼을 누입니다

회소(回蘇), 회소,

아버지 여윈 팔이 쟁기를 박는다
노동으로 그슬린 팔뚝 아래서
늦가을 굳은 흙이 갈라지고
늙은 문전옥답이 지열에 덮인다

한 사래 한 사래 빈 것들을 갈아엎고
논고랑 골골 헛것들을 밀어내며
대지를 뒤엎는 아버지와 소,
씨앗의 터를 닦는 밭고랑에서는 아무도
보습을 쥐고 뒤돌아보아서는 안 된다

서식(棲息)의 노래

—떠나는 자를 위하여

다시 뽑힌 뿌리들이 진을 덮는다
떠나는 사람들과 뿌리는 누워
영남평야 아침 능선 가로지르며
천천히 벌판에 가닿는다
아무도 살지 않는 빈 벌판
썩을수록 기름진 땅의 비밀에 닿아
무엇이 그리 아프냐, 뿌리야
바람 소리뿐인 저 벌판에 일찍이
잎사귀 무성했다면
황혼 쓸쓸한 저 벌판에 일찍이
새소리 울울했다면
있는 뿌리마저 잘려야 할 이 아침
삼천리 어느 곳에 네 땅이 있더냐
삼천리 어느 곳에서도 빈 벌판은 살아
늑대 울음소리 쫓기는 동안
사랑스러워라 뿌리야
천 번을 다시 뽑힌다 해도
맨 벌판으로 실려가는
잎사귀 무성한 뿌리
단 한 번 지극하여라

서식기

—천재순에게

1

정지된 뉘 혼이 고여 우는 아침에
부평초 몇 송이 피어 있다
하늘 얼비치는 허물 같은 가슴에
절망 몇 송이 떠올라 있다
너로부터 되돌아온 수많은 소외
절절이 풀리는 아픈 단절이
차라리 뿌리 끊는 증오에 떠서
단심 몇 송이 빛내고 있다

2

거부당한 우리들 몇 마디 언어가
이제는 적막한 허공에 떠서
끊임없는 질문을 던지는 아침
분수대 저쪽으로 뻗고 있는 길
친구여, 너도 가고 있구나
눈감은 영혼 하나 검은 머리로 싸고
바다보다 긴 목숨 가고 있구나

3

강물 위에서 가고 있구나
나란히 나란히 가고 있구나
물새가 된 여자와 바람이 가고
번쩍이는 지붕도 몰래 젖고 있구나

햇빛을 받으며 빛나는 것들아
큰 무덤 품은 산곡에서는
누가 쉬임 없이 떠나고 있는가
그 소리 더러 뉘 피를 말리고
지구는 잠시 빈집이 되겠구나

동물원 사육기

어느 날 제우스가 지상에 내려와
햇빛 쏟아지는 거리를 내려다보고 있었다
몇천 년 만에 내려온 지상, 제 잘나서
걸어가는 수많은 사람 중 일격의 화살을 겨냥,
쓰러지는 건장한 사내
〈운명인지 우연인지 혹은 필연인지〉
사내는 동물원에 감금되고
제우스는 디저트로 사내를 바라보았다

첫날 사내는 불을 뿜는 눈으로
고래고래 악을 쓰며 길길이 뛰었다
둘째 날 사내는 먹이를 내던지고
창살 밖으로 욕설을 퍼부었다
셋째 날 사내는 동물원 간수에게
집으로 가는 편지를 부탁했다
넷째 날 사내는 먹이를 받아먹고
다섯째 날 사내는 먹이를 기다렸다
여섯째 날 사내는 지나가는 간수에게
목례를 보냈다
일곱째 날 제우스가 다가왔을 때
사내는 고맙다는 큰절을 하며 빨간
사과를 받아먹었다
〈이승인지 저승인지〉

변증법적 춤
—캠프파이어 1

〈여름밤이었습니다 당당한 북소리가 바다를 두들기고 어둠에 갇힌 파도가 먼 데 산 하나를 핥아댔습니다 산 밑둥에 지진이 일고 굳게 잠긴 창살이 부서졌습니다〉

창살 밖에 한 죄수가 섰습니다
창살 밖에 두 죄수가 섰습니다
창살 밖에 세 죄수가 섰습니다
창살 밖에 네 죄수가 섰습니다
창살 밖에 다섯 죄수가 섰습니다
〈당당한 북소리가 지천을 흔들고〉
한 죄수가 무대 위로 올랐습니다
두 죄수가 무대 위로 올랐습니다
세 죄수가 무대 위로 올랐습니다
네 죄수가 무대 위로 올랐습니다
다섯 죄수가 무대 위로 올랐습니다

〈당당한 북소리가 저승까지 흔들고
오 그
달콤한 비명 속에서〉

한 죄수가 목을 흔들었습니다
두번째 죄수가 허리를 비틀었습니다
세번째 죄수가 물구나무섰습니다
네번째 죄수가 훅훅 삿대질했습니다

다섯번째 죄수가 바위처럼 꼿꼿이 굳었습니다
〈둥그런 불빛이 무대 위에 박히고
어둠 속에서 관중은〉
한 죄수가 목을 꺾는 것을 보았습니다
두번째 죄수가 무릎을 꺾는 것을 보았습니다
세번째 죄수가 나자빠지는 것을 보았습니다
네번째 죄수가 어둠 속으로 사라지는 것을 보았습니다

은은한 상엿소리가
머리 위로 떠가는 것을 보았습니다
여름밤이었습니다

점화
—캠프파이어 2

조그만 사건, 그러나 깨끗한 감동이었습니다. 줄 풀어진 악기 가야금 열두 줄에도 함박눈이 덮이고 징소리와 장고 소리, 침묵의 소고 위에도 함박눈이 쏟아지고 있었습니다.

숨소리 숭숭한 바람을 가르며 화부는 장작에 불을 댕겼습니다. 층층이 괸 꿈의 뼈다귀 위에 화부는 불등걸을 끼얹었습니다. 고요의 일순, 거대한 불기둥이 어둠을 찌르며 하늘로 치솟아오르고(눈은 무수히 쏟아져내렸습니다) 우우우 우우우 어디선가 아픈 영혼들이 어둠을 빠져나와 불기둥 주위에 원을 그었습니다. 원은 강물처럼 불기둥 주위를 맴돌았습니다.

발끝에서 솟아오르는 피가 우리들 뺨에서 화끈해지고 저마다 팽창된 아픔의 힘으로 영혼의 춤이 타올랐습니다. 흔들리는 어깨가 몸을 흔들고 흔들리는 몸이 가슴을 흔들고 흔들리는 머리, 흔들리는 대지가
불기둥을 높이높이 밀어올렸습니다
불기둥은 잠시 하늘에 닿았습니다
조그만 사건, 그러나 깨끗한 감동이었습니다

4부 탄생되는 시인을 위하여

연가

아픈 머리에 열이 가라앉고
창마다 환하게 불빛 고이는 저녁
겨울 난롯불에 내 혼을 쬐며 고린도전서 13장을 펴면
내 진실의 계단 어디쯤서 너는 오고 있는가
어둠을 쓰러뜨리며 난롯불은 조금씩 내 피를 뎁히고
꿈틀이며 꿈틀이며 타고 있는 글자들

구름이 가는 곳을 묻고 싶은 황혼쯤
엉겅퀴 울타리를 밟고 가는 바람처럼
내 안에 서걱이는 한 무더기 공허
한 무더기 공허로도 비칠 수 없는 얼굴
불심지 휘감아도 살 속 캄캄한 어둠 목구멍을 채우네

지구 가득 부신 햇빛 부려놓고
노을을 물들이는 태양이여,
산마루 넘어가는 태양이여,
눈은 눈으로 구름은 구름으로 떠나고 있을 때
나무들 우쭐대는 진종일 바람은 바람으로 만나고 있을 때
내 깊은 눈물샘 어디쯤서 물그르매
물그르매 번쩍이는 너

변증의 노래

밤마다 하루만큼의 살갗에 돋아난
밤마다 하루만큼의 슬픔에 돋아난
부정의 가시를 자르며 운다
밤마다 하루씩 깊은 어둠을 넘어
그 어둠의 기슭에 흐르는 물처럼
바람 부는 마당을 가로질러 가는 너.
더운 목숨의 정으로도 어쩌지 못하는
그대 붙박인 혼 앞에서
정물 하나까지 소리 내어 끓는 밤은
하늘의 정적이 지상을 덮는다
아는가, 우리가 등돌려
거리에서 돌아올 때
하늘로 귀를 연 나무들이
본능으로 사랑하는 바람의 고향을,
그리고 사라지는 황홀한 경악을.
사랑아, 내 더운 부분만을
잘라내는 사랑아,
눈물겨워라
수액을 나무가 거부할 수 없듯이
네 혼 속에 내 넋을 박고
이 세상 끝을 걸어가리라는 꿈

가을

내 속에 깊이깊이 잠든 그대가
흐르는 바람 저쪽에서 회오리치는 날은
누가 내 혼의 장작더미에 불을
붙이고 간다
비탈길 느릅나무에 불이 붙는다
넋을 박은 가로수에 불이 붙는다
산의 이쪽, 대안의 푸른 욕망을 나부끼는
관목숲에 서서히 번져드는 불, 불길
드디어 산이 불타오르고 그대여,
산처럼 큰 정적이 불타는 10월 오후에
그대 미세한 음성이 불타고 있다
내 핏줄 어디에도 머무를 수 없고
내 혼 어디에도 채울 수 없는 누가
내 모든 어둠의 확을 열고
찬란한 불길을 오관에 켜고 있다
아아, 멀리서 진혼곡 같은 바람이
불살을 흔들고 있다

영구를 보내며

빈 벌판에 상여 하나 떠가고 있다
화답하는 초목들이 열렬하게 팔을 흔든다
뒷산 첩첩 스러지는 길
앞산 첩첩 수번(首番)의 요령 소리
북망산천 골골 흐르는 살냄새
북망산천 골골 뼈 부서지는 소리,
안산에 묻힌 살은 이미 다른 살을
빚고 다른 살에 젖은 바람이 다른
아침에 섞인다 다른 햇살에 빛나는
아침이 다른 식탁에 놓인다 다른
어둠에 기대어 백장미가 흰
봉이를 튼다
어제 지나온 길섶 죽음의 그늘에 누워
풀잎들은 싱싱한 지구의 젖을 빤다

고조할아버지 무덤가에서 고조
할아버지 염소가 자라고 고조할아버지
염소 새끼 까만 똥이 썩어
씨앗의 맨살을 빚고 있다
그대 죽음은 또 어디쯤서
누구의 지친 피를 열렬하게 일으켜줄까?

떠난 바다가 돌아오고 있다
만조에 바닷새들의 발톱을 씻으며

거대한 짐승이 되어 돌아오고 있다
바람은 불고 싶은 곳으로 길을 뜨고
바흐의 무반주 첼로 C단조가
맑게 맑게 우주의 귀를 닦고 있다

꽃구름이 나즉이 상여와 동행한다

층

계단을 오른다
헌 잡지 냄새 깔린 나무 계단
그 삐걱거리는 곤혹의 살에
내 살의 무게가 포개진다
긴 어둠이 조용조용 출입구로 들어간다
바람이 현실(玄室) 입구에 죽은
거대한 새의 발톱을 닦는 소리
계단을 오르고, 창에 불이 켜진다
한 켜 한 켜 무너지는 뼈와 가까워진다
여행자는 돌아오리라
자기도 모르는 핏줄에 묶여
낯익은 곳으로 돌아오리라
어디선가 생솔가지 타는 밤……

얼음

냉동기 속에 숨진 겨울이 리어카에 실려
제빙 공장 골목을 빠져나온다
차디찬 북풍과 고산식물의 견고한 추위를
사랑했던 겨울은 숨져서 더욱 시퍼런
눈을 뜨고 숨져 더욱 빛나는 눈으로
도시를 노려보며
흰 눈발의 고향 그리워
차마 수정 같은 눈물도 뿌리며 간다
신세계 교향곡 2악장 속으로 호른을 불며
죽은 겨울들이 일어서 간다

겨울 나라 겨울 백성들아,
우리의 겨울을 애도하는가, 지난
겨울을 뉘우치는가, 목마른
바람들 비린내에 엎어지는 어시장
시퍼런 눈을 뜬 겨울은
죽은 고기의 뼈라도 지키고 있다

나무

나무들은 모두 동면으로 들어갔다
등걸을 지층에 꽂꽂이 박고
실가지 하나까지 흔들리는 저녁
뿌리 깊은 본능으로 빗장을 걸었다

겨울이 밤마다 생목 가지를 비튼다
영하의 추위가 잠긴 방문에
별을 문지른다
한 꺼풀씩 한 꺼풀씩 살을 말리며
저승의 뜨락으로 내려오는 나무들
나무들의 귀가
늙은 혼 하나를 뽑아올린다
바이올린 G선을 벗어나는 고음이
지층의 힘줄을 뽑아올린다

무감한 숲에 머리를 풀고 오
참혹하게 부러지는 바람이여,
삐걱이는 거리에 흰 시트처럼 눈이 덮여도
저 벌거벗은 나무의 진실은 어쩌지 못한다

겨울

한 개의 화살이 돌아와 나를 찌르고 있다
길바닥에 내가 눈 같은 피를 흘리고 있다
눈 덮인 숲을 날던 들오리 몇 마리
구구구 내 피에 쓰러지고
허망을 버티는 등성이 나무들
피의 허망을 건네고 있다
지징지징 울리는 징처럼
한겨울 들판을 울음 울리고 있다
난롯가, 피 같은 살을 태우며
독일산 코리아 판타지를 들으며
피 같은 겨울이 가고 있는 밤이면
죽음을 기어가는 나무들 뿌리
차운 어둠을 끄는 신이여
참혹한 형벌처럼 해빙의 맥박 하나
살에 끼우고
독일산 코리아 판타지를 들으며
독일산 죽음을 손질하는 나무들
그 껍질의 탄탄한 깊이에
산이 조금씩 다가와 앉고
빗나간 겨냥의 살 하나가
모진 목숨의 피에 젖고 있다

그늘

첫눈 내린 골목 끝에서
검은 상복을 태우는 아름다운
여자들은 살 속 꿈틀이는 그늘을 본다
우리의 핏속에 우리의 도시 속에
햇살 한번 들 수 없는 죽음의 그늘이
암세포처럼 누워 있는 겨울 오후
여자들은 품속에서 어둠을 만진다
품에 손을 찌르면
따뜻하게 만져지는 죽음의 살
그 진혼곡 한 소절이 별처럼 은은한
문밖에서 여인들은 마저 상장을 태운다
그러나 노인은 보지 못하리
수유리에 고이는 새벽 약수가
그대 무덤 흘러온 무심한 피임을
그대 어둠 지나온 기나긴 목숨임을.

숲

1

오리나무 숲 마른 등걸 후려치는 바람
우우우 마을로 내려오는 밤
사람들은 원시림 숲으로 떠났다.

신음하는 조상을 지게에 지고
새벽에서 길어올린 하늘 한 자락으로
보채는 식솔들의 눈물을 닦으며
관솔불로 타고 있는 마을 혼령들을 따라
수풀 깊은 곳을 밟으며 떠났다.
열여섯 살 풋풋한 정열이 가고
피아골 응어리진 가난이 가고
어머니 한밤 기도 소리가 가고

들포도 무르익어 산비둘기 푸득이는
숲으로 숲으로 떠나갈 때
그 낡은 대륙에서 묻혀온 땀 줄기
유배지의 흙을 더웁게 적시고
밟힌 풀잎을 적시고
대숲에 하늬바람 서두르듯
내 혼의 목마름도 가고 있었다

2

전나무 냄새 나는 숲의 푸른 머리채
푸른 혼백들이 살아, 혼백들이 살아
푸른 목숨의 말씀 골짜기로 쏟는 곳,
바람은 측백의 어린 가지를 키우며
별들은 저마다 주어진 길을 돌고
수세기 들어앉힌 느릅나무 아래
금빛 사다리를 내리는 숲은
풀잎 위에 온갖 시간들을 파랗게 넘어뜨리며
강물처럼 도도하게 부신 생명에 취해 흐른다
그때 별진 창궁 아흔아홉 건반을 누르는
솔새 뱁새들의 날렵한 부리,
오오, 이 거대한 숲의 시원에 꿈틀이는
불로 환생의 바람이여 더운 숨결이여

3

꽃들은 꽃끼리 잔디는 잔디끼리
이슬 녹아내리는 햇살을 마실 때
지구의 이층엔 꽃나무를 심어요
불꽃 넝울 터지는 꽃나무를 심어요
햇빛 부신 오후 시내를 태우듯
불꽃 피는 숲에 푸른 불줄기,

몇 광년을 흐르는 별이 될지라도

그대가 숲이거든 나는 물줄기
그대 뿌리 적시는 물줄기
바다 밑을 내려가는 태양이 타오르듯
지구의 이층엔 불꽃나무 가꾸어요

성금요일

햇볕 녹이는 마태수난곡 한 소절이
깊은 숲 잎잎을 문질러 깨운다
남은 몇 소절이 떠가는 빈 하늘
갈보리 솔밭 언저리에서 갑자기
죽인 언어들이 퍼런 침묵을 힘껏
힘껏 흔든다 바람이 일렬횡대가 되어
푸른 뱀처럼 솔밭을 누빈다
육중한 침묵이 솔밭 위로 쓰러지고
강 하나 사이로 떠보낸 혈흔이
바람에 빨리어 돌아오고 있다
만리 밖 하늘이 돌아오고 있다

무덤 돌아보며 떠나는 사람들
검은 수의 속으로
땀 젖은 햇볕이 마구 쓰러진다
수난곡 한 소절이 자취를 감춘 언덕

호수에서

사람들 살지 않는 마을이
호수에 덮여 자고 있다
태어나지 않은 아이들 꿈꾸고 있다

햇살, 눈부셔 눈부셔 눈뜨는 마을
푸른 잉태 하나 낚시에 걸려온다
손바닥에 퍼런 불을 토하는 생명
풀풀 날아드는 비릿한 살내음

잃어버린 고향 하늘 한 자락 타고 있다
사랑하는 가슴끼리 타고 있다
불타는 눈끼리 타고 있다
사람들 살지 않는 마을

종소리

저녁에, 우린 종소리가 걸어나오는 숲으로 갔다
아득한 저승의 화원 같은 곳에서
음악 몇 소절이 흐르다 그칠 때, 우린
숲이 머리를 빗고 있는 것을 알았다
마파람에 썰리는 이 제단 같은 고요,
산처럼 큰 정적 안에 가슴을 누이고 우린
종소리가 사라지는 계단을 내려갔다

1
흰 영혼을 흔들며 그들은 가고 있었다
그네의 등줄기에 내리는 눈발
고드름, 수정 고드름이 그네 머리칼에
꽂꽂이 박혀 살 속 어둠을 반사하고 있었다

2
어디로 가는 것일까, 뉘 밑 모를
준령 밖에 서리는 안개 마시며
지구의 이층을 올라가는 저들은
저 빨간 꽃잎들은

3
들 풍경 가까이서 모닥불이 타오르고
재갈 물린 사람들이 뼈만 남은 무덤에 앉아
모닥불에 흰 손을 말리고 있었다

강 하구에서 피비린내 나는 어둠이
뚝뚝 무너지고 있었다

보도에서

땅거미 지는 보도에
아이의 파란 넋이 뛰어가고 있다
붙잡을 수 없는 바람이 되어
도시의 어둠 속을 날아가고 있다

지난날 내 설악산 기억이 날아간다
뒤덮인 숲 하늘만 둥근 달 떠올리던
봉정암 물소리가 날아간다
천불동 폭포 소리 휘말아 쥐고
하얗게 씩 웃어 보이던 아이
폭포로 씻긴 가슴에 내 여름을 들어앉히던 아이가
파란 휘파람에 실려가고 있다

바람, 한 행렬
산불에서 묻혀 온 불씨 하나
모공마다 퍼런 뜸질을 한다

부활 그 이후

해원(海源)에 통곡이 빛발로 일어서는 아침에
우리들은 바다로 나와 북국에서 가져온 종이를 찢어 날린다

흰 눈이 덮여가는 우리들 숲을 향해
남김없이 날아가는 종이 새들,
한 마리만이라도, 그중에서 단 한 마리만이라도
그렇듯 소중하고 사랑스런 우리들의 새가 탄생되어
저토록 푸른 하늘과 바다의 노을 지는 들녘에서
죽어가는 우리들 혼과 함께 살아주었으면

한 마리는 원앙이 되고
한 마리는 종달이가 되고
한 마리는 앵무새가 되어
한 마리는 비둘기가 되어
혹은 사랑하고 혹은 노래하면서
더러는 죽어가는 혼을 위해
한 모금의 신을, 자유를 외쳐주었으면
황막한 밤과 쉬임 없이
꽃피는 침묵의 낮 동안
우리들의 신하는 더더 밀폐된 숲으로 들어가
하늘 뵈지 않는 땅 피로 물드는 제국을 가꾸는가 싶더니

우리들 남루한 옷이 숲속 높이 솟은 깃발이 되고

오오 네 부정의 손가락 사이마다
무성히 자라오르는 우리들의 나무는
황금의 이슬들로 머리를 감고
불타는 제단 위에 쓰러져 눕는다.
오오, 떨고 있는 혼의 무리
침범된 입술의 가장자리에
우리들의 신하는 죽은 신의 부활을
묻고 또 묻으면서 억울한 슬픔으로 죽어간
진리를 바람에 휘휘 날린다
다만, 가슴에서 가슴으로 전해지는
우리들의 부적을 땅 깊이 묻어버리라
지층 깊은 체온으로 뜨거워오는 진실을 열면
지극한 아픔으로 크고 있는 역사
역사의 허젓한 한 모퉁이에서
불타는 갈증으로 찾고 있는 내 신, 내 신을 달라

어두운 그늘과 추운 거리를 배회하며
보리떡 다섯 개 물고기 두 마리로
충만한 배부름을 나누던 그 흰 손은
어디로 갔느냐,
닭의 홰치는 소리가 들릴 때까지
이 해안의 깊은 골짜기를 서성이는
유랑의 무리들은 바다에 모조리
목 졸린 꿈을 쏟아버리고

기름 다한 램프불을 꺼내렸다.

우리들의 바다는 서서히 미친다
설 곳 없는 혼의 무게로
가눌 길 없는 정의 깊이로
파도는, 파도는
바다를 산다

탄생되는 시인을 위하여

—예술 진화론을 죽이며

우리 서로 문 닫고 혼자인 밤에는
사는 것이 돌보다 무거운 짐 같고
끝내는 눈 덮인 설원 하나 곤두서서
더운 내 부분을 지나갑니다
무사한 날을 골라 반기는 그대
우리는 정말 친구인가요?
우리는 정말 시인인가요?
캄캄한 어둠이 우리 덮는 밤에는
제 십자가 무거워 우는 소리 들리고
한 사람의 시인도 이 땅에는 없습니다

문학동네포에지 021
누가 홀로 술틀을 밟고 있는가

초판 인쇄 2021년 6월 2일
초판 발행 2021년 6월 9일

지은이 — 고정희
책임편집 — 유성원
편집 — 김민정 김필균 김동휘 송원경
표지 디자인 — 이기준 백지은
본문 디자인 — 유현아
마케팅 — 정민호 김도윤 최원석
홍보 — 김희숙 김상만 함유지 김현지 이소정 이미희 박지원
제작 — 강신은 김동욱 임현식
제작처 — 영신사

펴낸곳 — (주)문학동네
펴낸이 — 염현숙
출판등록 — 1993년 10월 22일 제406-2003-000045호
주소 — 10881 경기도 파주시 회동길 210
전자우편 — editor@munhak.com
대표전화 — 031-955-8888 / 팩스 — 031-955-8855
문의전화 — 031-955-2696(마케팅), 031-955-8865(편집)
문학동네카페 — cafe.naver.com/mhdn
트위터 — @munhakdongne
북클럽문학동네 — bookclubmunhak.com

ISBN 978-89-546-8001-1 03810

www.munhak.com

문학동네